Isabel y Nube

Olivia y Copo de nieve

Laila y Pirueta

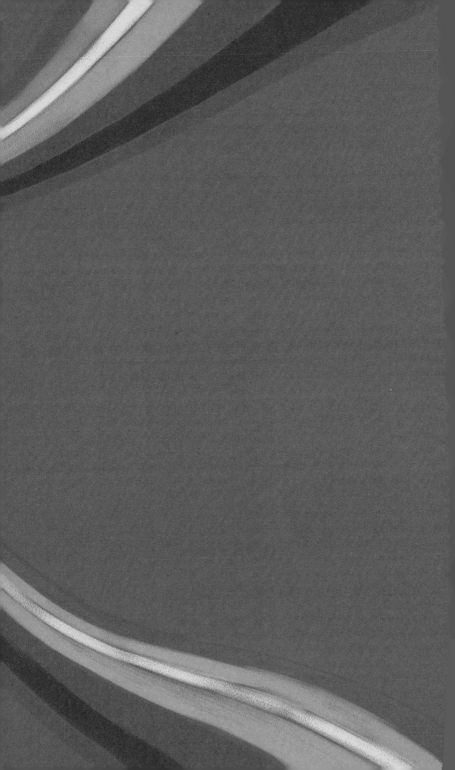

Academia
UNICORNIO

¡Donde vive la magia!

RBA MOLINO

Academia UNICORNIO

¡Donde vive la magia!

Julie Sykes

Ava y Estrella

Ilustraciones de Lucy Truman

Traducción de Núria Saurina Eudaldo

RBA

Para Eleanor Jones, ¡a quien también le chifla escribir relatos llenos de magia!

Título original inglés: *Ava and Star.*
Autora: Julie Sykes.

© del texto: Julie Sykes, 2018.
© de las ilustraciones del interior y de la cubierta: Lucy Truman, 2018.
Publicado por acuerdo con Nosy Crow Limited.
© de la traducción: Núria Saurina Eudaldo, 2019.

© de esta edición: RBA Libros, S.A., 2019.
Avda. Diagonal, 189 - 08018 Barcelona.
www.rbalibros.com

Primera edición: abril de 2019.

RBA MOLINO
REF.: MONL597
ISBN: 978-84-2721-783-6
DEPÓSITO LEGAL: B- 1.178-2019

EL TALLER DEL LLIBRE · PREIMPRESIÓN

Impreso en España · *Printed in Spain*

Capítulo 1

—Estrella, despierta —susurró Ava.

Estrella estaba dormida en su cuadra. Qué dulce se la veía, con los ojos cerrados y la crin azafranada y violácea que se rizaba por encima de su pelaje blanco. Ava alisó un tirabuzón lila que se enrollaba alrededor del acaracolado cuerno de color oro y morado de Estrella.

—¿Ava? —Estrella abrió los ojos de golpe y se puso de pie apresuradamente—. Es pronto, incluso para ti. ¿Ocurre algo?

Ava esbozó una gran sonrisa.

5

—No, todo va bien. ¡Es solo que estoy emocionada! Ayer por la noche las maestras nos dijeron que esta mañana jugaríamos a la caza del tesoro en lugar de ir a clase. ¡Por equipos, tenemos que encontrar varios elementos por los terrenos que rodean la escuela!

Estrella levantó las orejas.

—¡Qué divertido!

Ava asintió con la cabeza.

—Me he despertado pensando en ello y, cuando he mirado por la ventana, he visto algo que debía mostrarte. ¡Ven conmigo!

Parpadeando y bostezando, Estrella siguió a Ava a través de la cuadra, donde los unicornios seguían durmiendo, hasta la puerta.

Ava se detuvo.

—Cierra los ojos.

Estrella cerró los ojos, obediente. A Ava se le hinchió el corazón de felicidad al percatarse de cuánto confiaba en ella su unicornio. Colocó una mano en el cálido cuello de Estrella y la guio hacia el exterior.

—Ya puedes abrirlos —susurró—. ¡Mira!

—¡Guau! —Estrella pestañeó. Se veía un ovillo de sol en el horizonte. A medida que iba alzándose, ocupando el hueco que separaba dos montañas, el cielo oscuro se combaba en ondas anaranjadas, rosadas y doradas.

—¿A que la escuela se ve magnífica? —dijo Ava. Al otro lado del césped, las paredes de mármol y las ventanas de cristal de la Academia Unicornio brillaban al

alba y, a lo lejos, el agua multicolor del lago Destellos centelleaba y relucía.

—Es el mejor amanecer que he visto en siglos —dijo Estrella.

Ava sonrió.

—Tenía que compartirlo contigo. La primavera está llegando, Estrella. ¡Puedo olerla en el aire! ¿Vamos a cultivar mis nuevas plantas de semillero antes de que tenga que ir a desayunar?

—¡Buen plan! —aceptó Estrella con entusiasmo—. Cavaré los hoyos.

—Eso será genial. —Ava besó a su amiga en la estrella morada de su frente—. Me encanta tenerte de unicornio. ¡No puedo imaginar que me hubieran emparejado con un unicornio a quien no le gustara faenar en el jardín!

—¡Y yo no puedo imaginar que me hubieran emparejado con una niña a quien no le gustaran las plantas y la naturaleza! —dijo Estrella, y su cálido aliento hizo cosquillas a Ava, que soltó una risita.

A Ava y a Estrella las habían emparejado en enero, hacía tres meses, cuando ambas empezaron en la Academia Unicornio. A Ava todavía le costaba creer que se encontraba realmente allí, formándose para convertirse en guardiana de la maravillosa isla Unicornio. La isla se nutría del agua mágica que manaba del centro de la tierra y brotaba por la fuente del lago Destellos. Los ríos llevaban la preciada agua por toda la región, de modo que esta ayudaba a crecer sanos y fuertes a todas las personas, los animales y las plantas en la isla Unicornio.

Los alumnos solían pasar un año en la Academia Unicornio cuando cumplían los diez, pero a veces se quedaban más si sus unicornios requerían mayor tiempo para hallar sus poderes mágicos o si los alumnos no habían trabado todavía un vínculo con ellos. Establecer un vínculo era la forma más elevada de amistad y, cuando eso sucedía, un mechón del pelo del estudiante adoptaba el mismo color que la crin de su unicornio. Ava no podía evitar sentirse un tanto sorprendida

de que ella y Estrella no hubieran establecido aún ese vínculo.

—¿Crees que la señora Prímula nos emparejó porque ambas amamos las plantas y la naturaleza? —preguntó Estrella.

—Tal vez —respondió Ava—. O quizá, por otra razón. Nunca se sabe con la señora Prímula.

La señora Prímula era la sabia directora que llevaba muchos años al frente de la Academia. Era estricta pero también podía mostrarse muy amable.

—Bueno, fuera cual fuera su motivo, me alegro mucho de que lo hiciera —dijo Estrella—. Me pregunto cuándo descubriré mi poder mágico y cuándo trabaremos un lazo.

A Ava se le contrajo el estómago. Dos de las niñas del dormitorio Zafiro ya habían establecido un vínculo con sus unicornios. Ava no podía sino temer que estuviera haciendo algo mal. Sabía mucho de plantas y animales, pero no era muy buena en lectura y escritura. ¿Y si Estrella jamás descubría su poder mágico y nunca traba-

ban un vínculo porque no era lo bastante inteligente para ayudar a su unicornio? ¡Eso sería horrible!

Estrella la empujó con suavidad.

—¿Vamos a recoger tus plantas del invernadero?

Ava acalló su persistente inquietud.

—¿No te olvidas de algo? —dijo—. ¡Todavía no has desayunado!

Estrella soltó una carcajada.

—Qué tonta, ¡me estoy volviendo tan despistada como tú, Ava!

—¡Imposible! —se rio Ava.

Las dos regresaron a las cuadras. Ava encontró un cubo y fue a rellenarlo de bayas celestiales. Pero cuando levantó la tapa del contenedor de alimento, parpadeó sorprendida.

—¡Está casi vacío!

—le dijo a Estrella, que observaba desde la puerta. Comprobó los otros contenedores—. Todos lo están.

—¿Qué? No puede ser. Los jardineros rellenan los contenedores con bayas a diario —respondió Estrella.

Las bayas celestiales crecían en las laderas de la montaña que se alzaba en la parte posterior de la escuela. No solo eran el alimento favorito de los unicornios, sino que también contenían las vitaminas que necesitaban para mantenerse sanos y contribuían a conservar fuerte su magia.

Estrella se acercó para comprobarlo pero cuando introdujo el morro en un contenedor de alimento, lo volcó. Las bayas que quedaban se desparramaron por el suelo.

—¡Estrella! —exclamó Ava.

—¡Uuups! —dijo Estrella, amontonando las bayas con el morro—. Lo siento, Ava.

—No te preocupes. —Ava las recogió y las volvió a meter en el contenedor. Adoraba a Estrella pero, en ocasiones, deseaba que no fuera tan torpe—. Solo quedan bayas suficientes para que los unicornios desayu-

nen. Más vale que se lo diga a la señora Romero. —La señora Romero, la maestra de Cuidado de Unicornios, estaba al cargo de las cuadras—. Come, ahora —dijo, llenando el cubo de Estrella.

Estrella engulló sus bayas. En cuanto terminó el último bocado, miró a Ava esperanzada.

—¿Todavía tenemos tiempo para cultivar tus nuevas plantas de semillero antes del desayuno?

—Si nos damos prisa —respondió Ava.

Primero Ava y Estrella se dirigieron al cobertizo a recoger sus herramientas de jardinería, después al invernadero a buscar las plantas de Ava. Entre las dos, lo llevaron todo a la pequeña parcela de huerto de Ava.

La tierra en primavera era blanda y fácil de trabajar. Estrella cavaba los hoyos mientras Ava rescataba los gusanos que quedaban al descubierto y, con cuidado, los transportaba hacia un nuevo hogar. Luego Ava depositó cada planta de semillero en una concavidad y apisonó tierra a su alrededor con las manos. Estrella se inclinó sobre el hombro de Ava. La última planta de semillero

era más pequeña que las demás. Estrella la empujó accidentalmente con el morro y la derribó.

¡Puf! Una diminuta chispa refulgió al lado de la planta.

—¡Oh! —exclamó Ava.

—Lo siento, he sido torpe otra vez —dijo Estrella, preocupada—. No he causado ningún daño, ¿verdad?

—Me refería a la chispa. —Ava olfateó el aire—. ¿Y a qué se debe ese olor dulce?

—¿Qué olor? —Estrella parecía desconcertada.

—Ya no se nota, pero olía a... —Ava sacudió la cabeza—. Nada, seguramente lo haya imaginado. Aunque por un segundo pensé que estabas adquiriendo tu magia. ¿No sería genial si tuvieras magia vegetal? Imagínate cuánto nos podríamos divertir.

Cada unicornio nacía con un tipo particular de magia. En el dormitorio Zafiro, el unicornio de Sofía poseía magia lumínica y el unicornio de Scarlett, magia ígnea.

Estrella miró a Ava fijamente.

—La magia vegetal es muy poderosa. Soy de lejos demasiado torpe para tener algo tan especial.

—Ser torpe no importa. ¡Apuesto a que podrías poseer magia vegetal! —Ava se sacudió la tierra de las manos y luego acarició la frente de Estrella—. ¿Por qué no lo vuelves a intentar?

Estrella agachó la cabeza y sopló en el suelo. No ocurrió nada. Tocó con prudencia la hilera de plantas de semillero con el morro, mostrando sumo cuidado para no estropearlas.

—Nada —dijo con tristeza—. Son exactamente del mismo tamaño. Sabía que no tendría magia vegetal.

—¡Todavía es posible! —Ava le dio un fuerte abrazo—. Y de todos modos, te quiero tal y como eres, al margen de la magia que acabes teniendo.

Estrella relinchó de alegría.

Justo entonces se oyó el sonido de alguien acercándose a galope tendido. Ava miró a su alrededor y vio a su mejor amiga, Sofía, dirigiéndose hacia ellas a toda velocidad a lomos de su hermoso unicornio, Arco Iris.

—¡Sofía! ¡Parece que tienes prisa! —exclamó Ava.

—Así es —dijo Sofía jadeando, y sus rizos oscuros rebotaron en sus hombros cuando Arco Iris se detuvo—. Debes venir conmigo. La señora Romero quiere que nos encontremos todos en el lago Destellos. ¡Estamos a punto de empezar la caza del tesoro!

—¿Y qué hay del desayuno? —preguntó Ava.

—Nos lo llevamos en la mochila.

—¿De verdad? —se sorprendió Ava—. ¿No bromeas?

—Te juro que es verdad —dijo Sofía, cruzando los brazos delante de su sudadera de montar—. ¡La señora Prímula quiere que encontremos cuanto antes lo que aparece en la lista de la caza del tesoro!

—¿A qué viene tanta prisa?

—No lo sé. —A Sofía le brillaban los ojos—. Pero ¿no es emocionante? ¡Vayamos al lago y enterémonos de más!

Capítulo 2

Ava y Sofía se unieron a la ruidosa marea de estudiantes y unicornios que pululaban a lo largo de la orilla del lago Destellos. La fuente y el agua del lago, rebosantes de color, resplandecían todavía más bajo el sol primaveral.

—¡Ava, Sofía, aquí! —las llamó Scarlett con entusiasmo.

Estrella y Arco Iris se abrieron paso por entre la multitud hacia donde Scarlett y dos de sus otras amigas del dormitorio Zafiro, Isabel y Laila, se habían reunido con sus unicornios.

—¡Esta caza del tesoro va a ser mucho más divertida que las aburridas clases de siempre! —dijo Isabel, con una gran sonrisa—. El primer equipo que regrese gana un premio.

—Me pregunto por qué tenemos que irnos tan deprisa —observó Ava—. Es un poco raro, ¿verdad?

Laila parecía inquieta.

—Espero que todo vaya bien —dijo—. Normalmente las clases nunca se anulan así como así.

—Billy me ha contado que es porque todos los maestros tienen una reunión —comentó Sofía.

—¿Sobre qué? —preguntó Scarlett.

—Tal vez tenga que ver con el lago —sugirió Sofía—. Al fin y al cabo, ya lo han atacado dos veces. ¿Puede ser que alguien esté intentando volver a dañarlo?

—¡Ay, espero que no! —exclamó Laila.

A Ava la recorrió un escalofrío. En el breve lapso de tiempo que llevaba en la Academia Unicornio, una persona misteriosa había adulterado el lago Destellos en dos ocasiones distintas. La primera vez, había contami-

nado el lago de modo que los unicornios no podían beber su agua mágica. La segunda vez, un hechizo por congelación había transformado la fuente y el lago en hielo sólido. Escudriñó la mágica agua multicolor, tratando de ver si presentaba un aspecto distinto del habitual.

—¡Dejad de comportaros como doñas angustias, todas vosotras! —exclamó Isabel con impaciencia—. Estoy convencida de que la señora Prímula no dejará que nada le vuelva a suceder al lago. Deberíamos concentrarnos en las cuestiones importantes, como formar equipos. Se supone que tenemos que agruparnos de dos en dos o de tres en tres.

Sofía deslizó un brazo por el de Ava.

—Somos un equipo.

—¡Sin duda! —declaró Ava. Ella y Sofía se habían conocido en su primer día en la Academia Unicornio y eran amigas desde entonces. Estrella y Arco Iris chocaron los morros. ¡También eran mejores amigos!

—¿Te vienes conmigo y con Scarlett, Laila? —se apresuró a preguntar Isabel. Laila era una de las alumnas más aventajadas de la escuela. Pasaba mucho tiempo en la biblioteca.

Laila pareció alegrarse de que se lo propusieran.

—¡De acuerdo!

El ruido y la cháchara aumentaron mientras todo el mundo se organizaba por equipos. Billy y Jack chocaron los cinco con su amigo Jason, al mismo tiempo que Jacinta y Dalia adulaban a Valentina, que estaba más elegante que nunca con su costoso traje de montar y sus lustrosas botas. La tía de Valentina era la estricta maestra de Geografía y Cultura, la señora Ortigas, y sus adinerados padres eran los gobernadores de la academia, un hecho que Valentina jamás dejaba de recordar a quien se le pusiera por delante.

—¿Dónde está Olivia? —preguntó Ava, mientras con la mirada barría la multitud en busca de la otra miembro del dormitorio Zafiro—. Mirad, allí, junto con Copo de nieve.

Olivia y Copo de nieve se encontraban en la orilla. Como siempre, la pelirroja de Olivia estaba sonriendo, pero Ava advirtió un velo de tristeza en sus ojos. «Parece un poco sola», pensó.

—Olivia no tiene mejor amiga, ¿verdad? —le dijo a Sofía.

Sofía pareció sorprendida.

—No, pero se lleva muy bien con todo el mundo. No creo que le importe estar sola.

—No estoy tan segura —repuso Ava de manera concienzuda—. No puedo imaginar qué haría yo si no te tuviera a ti para compartir mis secretos. Te lo cuento todo.

—¡Yo también! Conoces todos mis secretos —respondió Sofía con una sonrisa—. Bueno, tú y Arco Iris.

Ava volvió a mirar a Olivia al otro lado.

—Pidámosle que se una a nosotras.

—Claro. ¡Eh, Olivia! —la llamó Sofía, saludándola con la mano—. ¿Te gustaría formar un equipo de tres?

Una gran sonrisa iluminó el rostro de Olivia.

—Sí, por favor —dijo, guiando a Copo de nieve, su hermoso unicornio blanco y plateado, hacia donde estaban para unirse a ellas. Ava sonreía mientras ella se acercaba, y cayó en la cuenta de que a pesar de que hacía tres meses que compartían dormitorio, en realidad todavía no sabía gran cosa sobre Olivia. Sabía escuchar muy bien pero nunca hablaba mucho de sí misma o de su familia. «Sofía y yo deberíamos tratar de incluirla más», pensó Ava.

Justo entonces una mujer a lomos de un unicornio alto y esbelto, con la crin y la cola de un rosa intenso, se les acercó cruzando el césped a medio galope. Se trataba de la señora Romero y de su unicornio, Flor.

Flor llegó hasta el lago y estampó un casco en el suelo. Las niñas, los niños y sus unicornios cesaron de charlar y se volvieron hacia ella y la maestra.

23

—Gracias por acudir con tanta prontitud —dijo la señora Romero. Le brillaban los ojos mientras recorría con la mirada los rostros emocionados de los alumnos—. Como habréis oído, hoy se ha producido un cambio en el programa. Las clases han sido suspendidas temporalmente, y mientras el personal asiste a una reunión, ¡espero que todos disfrutéis con una caza del tesoro!

Jason, un niño alto con el pelo negro rizado, gritó:

—¿Sobre qué es la reunión, señorita? Debe de ser importante si nos dejan sin clase.

Algunos soltaron una risita e incluso la señora Romero sonrió.

—Sí lo es, pero no hay por qué preocuparse —respondió—. En cualquier caso, basta de reuniones aburridas. Repartid esto, por favor, queridas. —Pasó un fajo de papeles rosa y unas cuantas mochilas al grupo de Ava—. Una bolsa y una lista para cada equipo, por favor. Hay comida en las bolsas y también podéis usarlas para guardar los elementos que vayáis recogiendo.

Los alumnos eran un hervidero de emoción mientras Ava y sus amigas distribuían el material. Ava captó fragmentos de ideas mientras debatían la lista. No veía la hora de desentrañar dónde se hallarían los elementos.

—Ya está —dijo Sofía al fin—. Esta lista y esta bolsa deben de ser las nuestras.

—Gracias, niñas —dijo la señora Romero. Alzó la voz y pidió a todos que escucharan—. Recordad, la caza del tesoro es algo más que una simple carrera. Se trata de trabajar en equipo y de sumar vuestros conocimientos para encontrar exactamente los elementos que figuran en la lista. Y ahora, ¿estáis todos preparados para empezar? Cinco, cuatro...

Toda la escuela se unió a la cuenta atrás de la señora Romero:

—Cinco, cuatro, tres, dos, uno... ¡Ya!

Hubo una gran ovación y los unicornios y sus jinetes se alejaron a galope en direcciones diversas, dejando a Ava, Sofía y Olivia decidiendo todavía por dónde empezar.

—¡No es justo! —se quejó Ava, blandiendo la lista—. Han salido con ventaja. Ni siquiera hemos tenido la oportunidad de echarle un vistazo.

—Pronto nos pondremos a su altura —dijo Olivia—. ¿Qué hay en la lista, Ava?

A Ava se le encogió el estómago. ¿Por qué había acabado siendo ella quien la leía en voz alta? Leer para sí ya era lo bastante difícil, pero leer en voz alta para un público le resultaba casi imposible. Las palabras parecían dar brincos y tenía la impresión de que se le paralizaba el cerebro. Tragó saliva y miró fijamente las letras escritas en un violeta llamativo sobre la hoja de papel rosa.

—Una p... p...

—¡Deprisa, Ava! —apremió Olivia—. ¡Tenemos que ponernos en marcha!

Ava se mordió el labio. Las letras de color violeta chillón resultaban más complicadas de leer que un libro. ¡Las palabras bien podían hallarse bajo un hechizo por la forma en que se retorcían en todas direcciones! ¿Por qué no se quedaban quietas el tiempo suficiente para que ella lograra descifrar lo que decían?

Sofia le arrebató la lista de las manos.

—¿Puedo leerla yo, Ava? ¿Por favooor? —rogó—. ¡Por favor, déjame!

Ava le ofreció una sonrisa de gratitud.

—De acuerdo.

Sofía era la única persona a quien Ava había contado su embarazoso secreto y se alegraba de haberlo hecho. Sofía, a menudo, trataba de ayudarla sin que los otros se percataran. También seguía insistiendo en que Ava no tenía nada de lo que avergonzarse, pero Ava sabía que lo decía porque era muy buena amiga. Sus inteligentes hermano y hermana mayores con frecuencia le tomaban el pelo por ser lenta.

—Una pluma de búho de las nieves, una ramita de cuerno, un ramillete de consuelda mayor, dos piedras azules, dos bayas en forma de corazón, una judía saltarina y pelaje de zorro. —Sofía alzó la vista consternada—. No sé dónde encontrar nada de esto.

Olivia estaba perpleja.

—¿Consuelda mayor? ¿Es siquiera algo real? ¡Si parece inventado!

28

—La consuelda mayor es una hierba —explicó Ava, sonriendo aliviada. No solo había oído hablar de todos y cada uno de los elementos que había en la lista, también tenía una idea muy precisa de dónde encontrarlos—. He plantado consuelda mayor en mi huerto. Vayamos allí primero.

—¡Te seguimos, lumbrera! —dijo Sofía.

Ava hundió las manos en la crin de Estrella, se pusieron a la cabeza y se dirigieron a toda prisa hacia su huerto, con Sofía, Arco Iris, Olivia y Copo de nieve pisándoles los talones. ¡La caza del tesoro había empezado!

—Ava, esto es genial. —Olivia miraba de hito en hito las pulcras hileras de plantas de semillero que Ava y Estrella habían cultivado por la mañana. La parcela de Ava en los huertos estaba organizada en secciones, y contaba con un arriate escondido en un rincón, resguardado por dos lados gracias a una pared de ladrillos.

—No es gran cosa por ahora —se disculpó Ava, señalando con la mano su parcela—. La mayoría de las plantas parecen muertas, pero no lo están. Están durmiendo. Empezarán a florecer cuando la temperatura del aire y de la tierra aumente un poco más.

—Creo que es impresionante —dijo Sofía, leal—. ¿Cuál es la consuelda mayor?

—Está aquí. —Ava brincó del lomo de Estrella y anduvo con cuidado por entre dos hileras de hierbas. Se detuvo enfrente de una planta de color verde claro con hojas puntiagudas en forma de espina y, con esmero, extrajo un ramillete—. La consuelda mayor presenta diminutas flores rojas en primavera. Mirad, aquí podéis ver los capullos. Hay que prestar atención para no confundirla con la consuelda menor, que es muy parecida pero tiene las hojas en forma de pluma.

—Qué inteligente eres, sabes mucho —dijo Olivia, examinando el esqueje de consuelda mayor.

Ava dejó que el pelo de un costado le cayera por el rostro para ocultar la vergüenza que sentía mientras guardaba la consuelda mayor en la mochila. Olivia no podía estar más equivocada. No cabía duda de que no era inteligente—. Me gustan las plantas, de modo que supongo que me resulta fácil recordar algunas particularidades sobre ellas. ¿Qué más necesitamos encontrar?

Sofía volvió a leer la lista en voz alta.

—Hay un nido de búho de las nieves en la huerta —explicó Ava—. Vayamos hacia allá.

—Tengo hambre —dijo Sofía. Hurgó en la bolsa y sacó unos deliciosos bollos para desayunar—. ¡Comámoslos durante el camino!

Se pusieron en marcha, masticando los dulces de canela y manzana. Pronto, gracias al conocimiento de Ava sobre la flora y la fauna de la escuela, habían recogido una pluma de búho de las nieves, una ramita de cuerno y dos piedras azules. Luego sugirió que buscaran pelaje de zorro cerca de los columpios en forma de barca que había en el parque.

—A veces voy allí a pensar y he visto zorros, sobre todo al atardecer, cuando los cachorros salen a jugar.

Se fueron corriendo al parque de juegos.

—Tienes razón. ¡Aquí hay pelaje! —exclamó Olivia, tirando de un mechón de pelo de zorro enganchado en uno de los columpios—. Me alegro mucho de que estés en el grupo, Ava.

—Sí, eres muy lista. Está claro que sabes más sobre plantas y animales que nadie en la escuela —dijo Sofía.

Ava soltó una risita para esconder su rubor. Sus amigas eran un encanto aunque se equivocaran.

—Dejadlo ya, vosotras dos. Me estoy hinchando tanto que no voy a poder pasar por la puerta cuando regrese a la escuela. —Frunció el ceño—. Esperad. ¿Qué es ese ruido? ¡Parece que alguien está gritando!

Todas aguzaron el oído. Sin duda alguna, los alaridos provenían de una arboleda situada un poco más allá.

—¡Deprisa! ¡Alguien debe de estar en apuros! —dijo Sofía, instando a Arco Iris a galopar.

Los unicornios recorrieron el camino con gran estruendo y penetraron en el interior del bosque. Se detuvieron derrapando cuando vieron a Valentina, con la espalda pegada contra un árbol, chillando y blandiendo un palo mientras sus dos amigas, Dalia y Jacinta, se aferraban la una a la otra en mitad del camino.

—¡Me va a devorar! —gritaba Valentina.

Rosal Dorado, su unicornio, vio a Ava y a los demás.

—¡Socorro! —relinchó—. ¡Ayuda, por favor!

A Ava le recorrió un escalofrío de pavor. ¿Qué ocurría?

Los unicornios de Jacinta y Dalia chocaron en medio del camino mientras resoplaban y cabriolaban de aquí para allá.

—¿Qué es? —preguntó Sofía, escudriñando desesperadamente el área—. ¿Qué es lo que te va a devorar?

—¡Esa... esa... a... a...! —Valentina tenía las palabras atascadas en la garganta—. ¡Araña! —se desatrancó, señalando enfrente de ella.

—¿Araña? —repitió Ava. Se precipitó hacia delante y abrió los ojos como platos al atisbar una gorda araña, del tamaño de una manzana, justo enfrente de Valentina. Tenía las patas largas y los ojos saltones y era el arácnido más peludo que jamás hubiera visto. Esta se escurrió rauda unos cuantos pasos en dirección a Valentina, con los ojos llenos de esperanza.

—¡Socorro! —Valentina se puso más lívida que una pluma de búho de las nieves—. ¡Quiero a mi mamiiiii! —chilló.

La araña se le acercó todavía más y Valentina apuntó y le arrojó el palo.

—¡Para! —gritó Ava—. ¡No es peligrosa!

Por suerte, Valentina erró el tiro. El aterrorizado invertebrado pegó un brinco y se escabulló encaramándose a un árbol.

—¡No vuelvas a hacer eso nunca más! —bramó Ava, furiosa con Valentina—. Jamás de los jamases hagas daño a una araña o a ninguna criatura. No a menos que te ataque. Esta es una araña cavernícola. Son del todo inofensivas.

—¿Inofensivas? —repitió Valentina, mientras el color le volvía a las mejillas y se alejaba del árbol apresuradamente.

Ava asintió con la cabeza.

—Las arañas cavernícolas viven bajo tierra y, por lo general, solo salen de noche. Esta debe de haberse perdido. —Recogió el palo de Valentina, lo partió por la mitad y arrojó los trozos bajo un arbusto—. No me puedo creer que lo hayas hecho —prosiguió acaloradamen-

te—. Has asustado tanto a la pobrecita que se ha subido corriendo a un árbol. ¿Qué vamos a hacer? Si la dejamos allí, puede que un pájaro se la coma.

—¡Como si me importara! —exclamó Valentina—. ¡Estúpida araña! Espero que se la zampe alguien, mira que asustarme de ese modo.

—Creo que tú la has asustado más —metió su cuchara Sofía.

Olivia se carcajeó e incluso Jacinta y Dalia soltaron una risita.

Valentina se volvió contra ellas.

—¿De qué os reís, vosotras dos? También gritabais. Ambas sois inútiles. Dadme eso. ¿Qué es lo siguiente que hay que encontrar?

Valentina le arrebató la lista a Jacinta y, acto seguido, partió cabalgando, y sus amigas brincaron sobre sus unicornios y trotaron detrás de ella.

Ava no lo dudó. No le gustaba mucho trepar, pero tenía que ayudar a la araña. Pidió a Estrella que se acercara al árbol tanto como fuera posible y se subió a la

rama más baja. Se sentó un momento, tratando de esclarecer cuál era la mejor manera de escalar el árbol para rescatar a la pobre araña, que ahora se encontraba en una rama más alta.

—Ten cuidado, Ava —gritó Olivia, inquieta.

Ava ascendió despacio.

—Ey, hola —susurró—. ¿Quién es una araña encantadora? Eso es. No voy a hacerte daño.

La rama se inclinó cuando Ava empezó a arrastrarse poco a poco por ella.

—¡Ava! —avisó Sofía—. Estás de veras muy arriba.

Una ráfaga de viento sacudió las ramas. Ava se quedó inmóvil, aferrándose con fuerza hasta que el árbol se apaciguó. La araña también se aferraba, y temblaba con tanta virulencia que sus ojos saltones a ratos desaparecían bajo su largo pelo. Ver el miedo del animal insufló a Ava más coraje. Le susurraba con voz tranquilizadora. La araña echó un vistazo desde debajo de su flequillo y tentativamente extendió una pata. Ava contuvo la respiración. Con cautela, el artrópodo desplegó una segunda pata. Ava se olvidó de la caza del tesoro, fascinada como estaba por los inmensos y expresivos ojos del animal. Pero entonces se levantó una repentina ráfaga de aire. Un viento rozó el rostro de Ava y un halcón descendió en picado, abriendo el pico curvo mientras se precipitaba sobre el arácnido.

—¡No! ¡Largo de aquí! —Ava ahuyentó el pájaro. Se oyó un graznido de indignación y entonces ella perdió el equilibrio. Con un grito ahogado, empezó a caer...

39

Capítulo 4

etorciéndose desesperada, Ava se agarró a la rama, y al hacerlo la corteza se le clavó en las manos. Pendía del árbol, le colgaban las piernas.

—¡Ava! —chillaron Sofía y Olivia.

—Estoy justo debajo de ti —gritó Estrella.

A Ava le dolían los brazos pero se aferró con fuerza hasta que la rama cesó de balancearse. Saber que Estrella se encontraba debajo le infundió valentía y se preparó para volver a subir. Fue un tanto peliagudo pero, al fin, volvía a estar sentada a horcajadas sobre la rama.

—¡Bien hecho! —gritó Sofía, aliviada.

—Gracias —dijo Ava jadeando, mientras se soplaba los dedos doloridos.

Esta vez, cuando Ava le tendió la mano a la araña, esta acudió de inmediato y se escurrió en su palma. Ava soltó una risita cuando sus patas le hicieron cosquillas. Con delicadeza, le acarició la espalda.

—¡Mírate, qué mona!

El arácnido la miraba fijamente con adoración. Luego estregó su cabeza contra la mano de ella y agitó el trasero como un perro contento.

—¡Oooh! —exclamó Ava con voz arrulladora—. Eres hermosa. ¡Valentina es una cabeza hueca! —les gritó a las otras—. Las arañas cavernícolas son las más simpáticas de todos los tiempos. No cabe duda de que esta se ha perdido. Lo siento, Sofía y Olivia, pero no puedo seguir con la caza del tesoro hasta que no haya encontrado su cueva. Os alcanzo más tarde.

—No vamos a ninguna parte sin ti —dijo Sofía—. ¿Dónde crees que vive?

—Hay algunas cuevas un poco más allá siguiendo los

árboles, ¿verdad, Ava? —gritó Estrella—. Fuimos una vez
allí cuando buscábamos semillas de veza para tu huerto.

—¡Buena idea! —Mientras sostenía la araña con cuidado, Ava descendió poco a poco y se subió a lomos de
Estrella—. ¿Nos puedes llevar hasta allí, por favor?

Estrella relinchó.

—¡Por supuesto!

Se pusieron en marcha a través del bosque hasta que
alcanzaron la pared de un peñasco rocoso. La araña se
animaba a medida que se acercaban, bailaba en la
mano de Ava y sus largas extremidades pataleaban con
desenfreno.

Ava no podía dejar de reírse.

—¿Es este tu hogar, entonces? ¿Es eso lo que intentas decirme?

En respuesta, la araña brincó hasta el lomo de Estrella, echó una hebra de un rosa brillante y luego se descolgó por ella hasta llegar al suelo. A continuación, se escurrió por entre la hierba y entró en una pequeña cueva en la pared del peñasco. Ava suspiró feliz. Se oyó un crujido y la cabeza de la araña se asomó por la entrada, con los inmensos ojos temblando. Saludó con una pata a Ava y Estrella antes de esfumarse de nuevo, esta vez para siempre.

Ava sonrió y abrazó a Estrella.

—Me encantan los finales felices.

—¡A mí también! —coincidió Sofía—. Pero todavía no hemos terminado. ¿Dónde ha ido a parar la lista?

—La sacó del bolsillo de sus pantalones de montar, la colocó encima del cuello de Arco Iris y alisó los pliegues—. Necesitamos bayas en forma de corazón y también una judía saltarina. Ava, ¿alguna idea?

Ava esbozó una gran sonrisa.

—De hecho, sí. Seguidme...

Cuando hubieron hallado todos los elementos de la lista y los hubieron guardado a buen recaudo en la mochila, Ava, Sofía y Olivia regresaron a toda prisa a la escuela. Olivia estaba convencida de que habían ganado.

—Y todo gracias a Ava.

Ava no estaba tan segura. Por eso no se sorprendió cuando, una vez en la escuela, vio que el equipo de Scarlett las había derrotado. Mientras cabalgaban hacia la meta, Scarlett e Isabel abrazaban triunfantes a una más bien asustada Laila. Ava se compadeció de ella. Laila era muy inteligente, pero Ava estaba segura de que no disfrutaba galopando como los demás. Le ofreció una sonrisa comprensiva.

—¡Hemos ganado! —alardeaba Isabel a voz en cuello.

—¡No habéis ganado! —La señora Ortigas era la encargada de comprobar las bolsas con los elementos encontrados. Esbozó una fina sonrisa y sus gafas tinti-

nearon en su enjuta nariz cuando alzó una planta—. Esto es consuelda menor. En cambio, se os pedía que encontrarais consuelda mayor.

Isabel frunció el entrecejo.

—¿Cómo? ¿Está segura? Las flores...

—Las flores rojas se parecen a las de la consuelda mayor pero las hojas son muy distintas. —La señora Ortigas tomó la bolsa de Ava y extrajo los elementos uno a uno, mientras los marcaba en su lista—. Magnífico —concluyó—. Un excelente ejemplar de consuelda mayor. Decidme dónde habéis encontrado esta hierba.

—Yo... yo... la cultivo —dijo Ava tartamudeando, ya que la intensidad de la mirada de la señora Ortigas la incomodaba.

—¿De veras? —La señora Ortigas parecía pensativa.

Ava apartó la vista un momento pero cuando volvió a mirar, la señora Ortigas seguía vaciando la bolsa.

—Bien hecho, niñas —concluyó. Su rostro avinagrado se frunció para esbozar una inusitada sonrisa—. ¡Sois las ganadoras! Vuestro premio es una tableta

gigante de chocolate. ¡No os la comáis antes del almuerzo!

—¡No me lo puedo creer! Jamás gano en nada —comentó Olivia mientras guiaban a sus unicornios de regreso a las cuadras—. Gracias por dejar que me uniera a vuestro equipo. Me he divertido un montón.

No les llevó mucho tiempo acomodar a los unicornios con una espesa cama de paja fresca y un tentempié de manzana y zanahoria. Ava dejó a Estrella bebiendo en su abrevadero, que se rellenaba automáticamente con el agua colorada del lago, antes de abandonar las cuadras junto con Sofía y Olivia.

—Me muero de hambre —dijo Sofía—. Espero que haya algo rico para comer.

El almuerzo consistió en un formidable bufet a base de bocadillos, tapas, pizza y rollitos de primavera. Ava y sus amigas comieron con apetito, sentadas a una mesa que tenía vistas al lago con todas sus amigas del dormitorio Zafiro. Isabel seguía un poco enfurruñada por haber perdido la partida en la caza del tesoro, pero volvió

a sonreír cuando de postre abordó un helado multicolor de frutas con nueces y cerezas.

Retomaron las clases tras el almuerzo. Al grupo de Ava le tocaba Cuidado de Unicornios con la señora Romero. A Ava le sorprendió lo distraída que estaba su maestra. En lugar de darles la bienvenida, permaneció

en la ventana, mirando las montañas. Cuando todo el mundo estuvo sentado, Scarlett debió toser hasta tres veces para captar su atención. Entonces la señora Romero se dio la vuelta y se quedó mirando la clase como si no comprendiera cómo habían llegado hasta allí.

Ava esperaba que la maestra terminara la lección sobre el cuidado de los cascos que habían empezado el día anterior, pero en su lugar, les devolvió los elementos que habían encontrado aquella mañana y les pidió que los depositaran encima de los pupitres y escribieran sobre ellos. Entonces se puso a hojear una pila de libros.

Ava deseaba escribir sobre los elementos que habían recopilado en la caza del tesoro, pero no era tan sencillo. Las palabras estaban en su cabeza pero no lograba estamparlas en la página lo suficientemente rápido o escribirlas sin faltas. Pronto le dolió la cabeza debido a la frustración. Suspirando, alzó la vista y vio a la señora Romero pasándose una mano por el pelo.

—No, eso no ayudará porque no es luna llena... tampoco porque no es verano... —murmuraba la maestra

para sí—. Debe de haber una poción en alguna parte por aquí que surta efecto.

Ava jugueteaba con su lápiz. Parecía como si la señora Romero buscara un hechizo. ¿Pero para hacer qué?

Ava empezó a preocuparse por el lago. ¿Podía estar alguien intentando perjudicarlo otra vez?

Le brillaron los ojos. Los unicornios necesitaban el agua del lago. Si alguien estaba tratando de sabotearla, entonces ella y sus amigas lo detendrían, ¡pasara lo que pasara!

Capítulo 5

L a señora Romero se levantó de improviso. Sostenía un librito entre las manos y parecía emocionada.

—Bien, niños, debo llevar a la señora Prímula el mejor ejemplar de cada elemento recogido.

—¿Por qué? —preguntó Jack.

—La señora Prímula preparará una poción para resolver un pequeño problema que tenemos en la Academia. ¡Nada de qué preocuparos! —respondió la señora Romero. Recorrió el aula, tomando una muestra de los diversos elementos. Al fin, recogió la consuelda mayor y la pluma que el equipo de Ava había recopilado—.

¡Perfecto! Proseguid con vuestra tarea, por favor, mientras me reúno con la señora Prímula. Espero que todos hayáis terminado en cuanto vuelva.

En cuanto se marchó, todos se pusieron a charlar.

—¿Qué está ocurriendo? —preguntó Scarlett.

—Sí, ¿cuál es ese problema del que la señora Romero habla? —quiso saber Isabel—. ¿Por qué necesitan los maestros una poción?

—¿Quizá se trata del lago otra vez? —gritó Jason.

El nivel de ruido en la sala aumentó.

—Sssh —dijo Olivia—. Nos meteremos en problemas. Tenemos que terminar la tarea—. Se calmaron. Seguían hablando pero en voz más baja. Ava echó un vistazo a su alrededor, todo el mundo garabateaba con ganas.

Valentina, que estaba terminando de estirarse los dedos, captó la mirada de Ava. Ella apartó la vista pero Valentina ya daba codazos a Jacinta y a Dalia.

—Ava apenas ha redactado nada. Y ha escrito mal «Caza del tesoro», aunque esté en la pizarra. ¡Es una mocosa estúpida!

Olivia alzó la cabeza enseguida.

—¡Deja a Ava tranquila! —dijo entre dientes—. Es mucho más inteligente que tú, Valentina. Sabe un montonazo de animales, incluyendo arañas.

—Así es —metió baza Sofía—. ¿Qué era esa peligrosa criatura que has encontrado hoy, Valentina? Ah, sí, eso es, ¡una inofensiva araña cavernícola!

Valentina enrojeció como un tomate.

—Oh, vamos, por el amor de Dios, ¿no os importa que Ava no sepa escribir bien?

—Nos importa que estés riéndote de ella cuando eso no es muy correcto —dijo Sofía, y Olivia se mostró de acuerdo.

—Deja a Ava tranquila —añadió Scarlett. El resto del dormitorio Zafiro fulminó a Valentina con la mirada.

Valentina pasó del rojo al morado. Echó un vistazo a Jacinta y a Dalia pero mantenían la cabeza inclinada. Suspiró enojada y volvió a su tarea.

Ava dedicó a sus amigas una cálida sonrisa, pero por dentro estaba muerta de vergüenza. Valentina la había llamado «mocosa» y así era exactamente cómo se sentía. ¿Por qué no podía tener ni siquiera la mitad de la inteligencia de sus amigas o de su hermano y hermana mayores? Ava apenas escribió nada después de aquello. Se sentía demasiado abatida.

La maestra regresó al aula. Parecía cabizbaja.

—¿Ha logrado encontrar a la señora Prímula, señorita? ¿Ha compuesto la pócima? —preguntó Billy.

—Sí —respondió la señora Romero con un suspiro—. Pero no ha funcionado. Deberemos probar otra cosa. Ahora entregadme por favor vuestros cuadernos para que pueda ver qué habéis estado haciendo.

—No mucho en tu caso —le susurró Valentina a Ava cuando la rozó al pasar junto a ella para presentar su cuaderno. Ava se puso muy colorada.

En el instante en que la clase terminó, se apresuró hacia la cuadra y le contó a Estrella lo que Valentina le había dicho. El unicornio la escuchó con atención.

—¡Valentina se equivoca! —exclamó—. No eres ni estúpida ni una mocosa. ¿Cómo podrías serlo con lo mucho que sabes acerca de la naturaleza?

—Eso es fácil. Cualquiera puede aprender sobre ella —dijo Ava apesadumbrada.

Estrella acarició con el morro a Ava.

—Yo creo que no. Tu memoria para las plantas es alucinante, Ava, y eres amable y generosa, y le gustas a todo el mundo.

Ava se notó las mejillas encendidas.

—Eh... gracias —murmuró. Oyó cómo los demás llegaban y empezaban a asir cubos para la merienda de los unicornios—. Déjame ir a buscarte algunas bayas celestiales.

Ava se sentía menos compungida y balanceaba el cubo cuando entró en la despensa. Estrella siempre sabía qué decir para animarla. Cayó en la cuenta de que no le había hablado sobre el extraño comportamiento de la señora Romero y la poción que los maestros querían elaborar. «Se lo diré mientras esté comiendo», pensó.

Ava plantó el cubo en el suelo, alzó la tapa del contenedor de alimento y refunfuñó. Apenas si quedaban bayas celestiales, sin duda no había suficientes para la cena de todos los unicornios de la cuadra. Quería decírselo a la señora Romero aquella mañana pero se le había ido el santo al cielo. El sentimiento de culpa la embargó.

«Los unicornios no dispondrán de bayas para cenar esta noche y todo por mi culpa», pensó.

El resto del dormitorio Zafiro entró en la despensa.

—Haznos sitio, Ava —dijo Isabel—. ¿Qué ocurre? Pareces contrariada.

Ava se mordió el labio.

—Casi no quedan bayas celestiales. No hay suficientes para todos.

—Presentémonos voluntarias para ir a recolectar más —sugirió Laila.

Ava asintió con la cabeza.

—Los arbustos crecen en la falda de la montaña, justo detrás de la escuela —dijo—. Si vamos todos, pronto recolectaremos las suficientes para la cena de esta noche.

—Yo colaboraré —declaró Sofía.

—Yo también —añadió Olivia.

Justo en aquel momento, la señora Romero irrumpió en la despensa. Unas mechas que se curvaban formando aros de color castaño se le habían escapado de las horquillas plateadas que llevaba y, lo que era poco habitual en ella, fruncía el ceño.

—Escuchad, por favor —pidió, dando unas palmadas para llamar la atención de todos—. Como podéis ver, nos

encontramos ante una seria escasez de bayas celestiales. No quedan ya en los arbustos que crecen en la falda de la montaña donde solemos recolectarlas. Es de esperar que el problema sea temporal, pero mientras ideamos una solución, las bayas celestiales deberán racionarse.

Ava frunció el entrecejo. Las bayas celestiales crecían fácilmente. Cuanto más rápido las recolectabas, más rápido brotaban nuevas bayas.

—¿Por qué no se encuentran en los arbustos? —preguntó.

—Lo ignoramos, Ava. —La señora Romero suspiró—. Los arbustos de bayas celestiales tenían buen aspecto ayer por la mañana pero, al atardecer, advertimos que habían empezado a marchitarse. El personal de la cuadra pasó media noche regándolos con el agua mágica del lago, pero cuando fui a ver cómo andaban, poco después del alba, todos y cada uno de los arbustos

estaban mustios y no quedaba ni una sola baya en las ramas.

—Pero eso no es posible —dijo Ava. Incluso si los arbustos de bayas celestiales se habían marchitado, el agua del lago Destellos debería haberlo remediado.

—Es muy inusual —admitió la señora Romero—. La señora Prímula y Sabio elaboraron una poción para ponerle remedio, pero no surtió efecto. —La señora Romero movió la cabeza con gesto incrédulo—. No sabemos qué ocurre.

Al detectar preocupación en los ojos de la maestra, un escalofrío recorrió la espalda de Ava. ¿Estaba alguien tratando de hacer daño a la Academia y a los unicornios de nuevo? Tal vez no al lago directamente, ¿pero sí destruyendo las bayas celestiales con magia negra?

—Tiene que haber más arbustos de bayas celestiales en las montañas —apuntó Sofía.

Ava asintió con la cabeza.

—Podríamos ir y echar un vistazo subiendo por las laderas.

—¿Podemos, señorita? —preguntó Olivia, ansiosa.

—Lo siento, niñas —dijo la señora Romero—. Pero la señora Prímula y Sabio han peinado las altas montañas y no han encontrado ni un arbusto de bayas celestiales que haya echado fruto.

Más estudiantes se aglomeraban en la despensa. Subiendo la voz, la señora Romero se dirigió a todos los alumnos.

—Las bayas celestiales quedan racionadas a un pequeño puñado al día hasta nuevo aviso. Por desgracia, sin una buena dieta de bayas celestiales, vuestros unicornios se debilitarán, de modo que a partir de ahora, los unicornios deben permanecer en el interior para conservar su energía. La magia de los unicornios también queda prohibida, a menos que se produzca una emergencia.

Sofía la miró de hito en hito.

—¿La magia está prohibida? —repitió.

La señora Romero adoptó una expresión severa.

—¡Es una orden de la señora Prímula y se debe cumplir!

Capítulo 6

Estrella fue muy comprensiva cuando vio la ínfima porción de bayas celestiales mezcladas con su pienso.

—Estoy convencida de que no durará mucho —dijo—. La señora Prímula y Sabio lo solucionarán.

Ava apenas comió nada a la hora de cenar. Seguía pensando en cómo Estrella había ingerido su comida aquella noche, masticando despacio, saboreando cada bocado de bayas celestiales. La hacía sentirse culpable por la ingente cantidad de alimento que tenía a su disposición. Por el ambiente apagado, Ava dedujo que la mayoría de estudiantes se sentía como ella. Todos ha-

blaban en susurros y solo picoteaban de vez en cuando la deliciosa comida.

Después de cenar, el dormitorio Zafiro solía pasar un rato en el salón para entretenerse con algún juego, escuchar música y charlar. Ava no se sentía con ánimos. Tras una breve visita a la cuadra para desearle buenas noches a Estrella, se acostó. Sus compañeras de dormitorio la siguieron.

—Mañana no cabalgaremos —dijo Isabel con tristeza.

—Nos perderemos la clase de saltos a campo traviesa —añadió Scarlett—. Fuego y yo teníamos muchas ganas.

—Espero que los unicornios estén bien. ¿Y si caen enfermos porque carecen de suficientes bayas que comer? —Laila se preocupaba—. Mañana trenzaré la crin y la cola de Pirueta. Espero que eso lo anime.

Ava estaba tumbada en la cama, mirando fijamente un pedazo de luz de luna que titilaba en el techo. Los pensamientos pasaban zumbando por su cabeza hasta que creyó que le iba estallar. La señora Prímula era la

persona más sabia que conocía. Nunca cometía errores, pero esta vez tenía que estar equivocada. La cordillera era vasta. La señora Prímula no podía haber comprobado toda el área en un solo día. Cuanto más pensaba en ello, más persuadida estaba de que debía haber arbustos de bayas celestiales sanos en alguna parte.

Un poco después del alba, Ava dejó de intentar dor-

mir. Sin hacer ruido, se levantó, se puso los pantalones de montar y su sudadera favorita, de color lila, y, acto seguido, se dirigió hacia las cuadras. A la altura del lago, Ava oyó que alguien la llamaba por su nombre.

—¡Sofía! —Ava esperó a que su amiga la alcanzara—. ¿Por qué te has levantado tan temprano?

—No podía dormir.

—Yo tampoco. —Ava clavó la vista en el lago multicolor, con sus aguas que relucían con gran resplandor al amanecer—. Estoy segura de que tiene que haber bayas celestiales en algún lugar en las montañas. Ojalá supiéramos dónde buscar.

—Arco Iris podría ayudar —dijo Sofía despacio—. Su magia le permite ver cosas que se encuentran en otro lugar, así que podría ser capaz de mostrarnos dónde hay arbustos sanos.

—Es una idea brillante. Pidámoselo —dijo Ava.

—Pero no podemos. —A Sofía se le descompuso el rostro—. La señora Romero prohibió que los unicornios usaran su magia, acuérdate.

—A menos que se trate de una emergencia —pronunció Ava poco a poco.

Sus ojos se cruzaron con los de Sofía.

—Esto es una emergencia —dijo Sofía, asintiendo con la cabeza.

—Sin duda —coincidió Ava—. ¡Nuestros unicornios necesitan bayas celestiales para mantenerse sanos y mágicos y la isla Unicornio necesita nuestros unicornios! —Ava habló con vehemencia, y al apartarse el pelo del rostro, casi aplasta el ramito de nomeolvides que siempre llevaba prendido.

—Tienes razón —dijo Sofía—. Pidámosle a Arco Iris que nos eche un cable.

Ava y Sofía corrieron hacia las cuadras y encontraron a Arco Iris tomando un largo trago de su abrevadero. Se volvió hacia Sofía y se sorprendió tanto de verla que agitó la cabeza y unas gotitas multicolor salieron disparadas en todas direcciones.

—Llegas temprano esta mañana. ¿Estás ayudando a Ava con su huerto?

Sofía se lo explicó.

Arco Iris clavó una coz en el suelo.

—Trataré de echaros una mano —dijo—. Pero esta parte de mi magia solo funciona si estoy ayudando a alguien a ver algo que quiere ver desesperadamente, si lo desea de todo corazón.

—Ansío ver si hay arbustos de bayas celestiales que estén echando fruto —dijo Ava.

—Yo también —añadió Sofía.

Arco Iris se sacudió la crin.

—¡Allá va!

Frunció el ceño para concentrarse. Sofía se mantuvo al lado de su cabeza mientras le acariciaba el cuello para apoyarlo cuando dio una fuerte patada en el suelo.

—¡Oh! —chilló Ava en el instante en que unas chispas irisadas ascendieron arremolinándose en el aire. Inspiró hondo el dulce olor. El azúcar quemado, el aroma de la magia, era una de sus cosas favoritas.

Las chispas formaron un disco de luz irisada que giraba en el aire. En el interior del disco una imagen empe-

zó a dibujarse. Ava se inclinó hacia delante, asimilando todos los pequeños detalles. Arbustos de bayas celestiales, un nutrido grupo de ellos. Ava estudió la imagen para captar pistas que la ayudaran a encontrar los arbustos. Había sombras en el suelo, que el sol de la primera mañana proyectaba.

—Se trata del Este —dijo Ava—. Fíjate en la posición del sol. Son las montañas del Este.

Se oyó un fuerte ¡pum! y la bola de luz estalló formando una ducha de chispas brillantes. Ava parpadeó.

—Necesitamos más detalles. El Este es un área demasiado extensa para buscar.

Arco Iris agachó la cabeza.

—Lo siento pero sin bayas celestiales estoy demasiado cansado para volver a intentarlo.

—No te preocupes. Lo has hecho fenomenal —dijo Sofía, abrazándolo.

—Más vale que se lo comuniquemos a la señora Prímula. —Ava deseaba poder regresar a la Academia cabalgando con Estrella pero ya había infringido demasiadas reglas en una sola mañana. Dio un pequeño rodeo hasta la cuadra de Estrella para contarle lo que estaba ocurriendo y luego partió junto con Sofía, corriendo como el viento, de regreso a la escuela.

A pesar de que todavía era temprano, la señora Prímula no se encontraba en su habitación.

—Probemos en su estudio —sugirió Sofía.

—Buena idea. Es probable que se haya levantado

temprano porque también esté preocupada —dijo Ava, mirando el prominente reloj de madera grabado con unicornios haciendo tictac bajito en el vestíbulo.

—No veo la hora de decirle lo que hemos visto —dijo Sofía mientras se precipitaban escaleras abajo.

Ava estaba sin aliento cuando llegaron al estudio de la señora Prímula. Alzó la mano para llamar y entonces se percató de que la puerta estaba entreabierta y oyó unos ruidos apagados que provenían del interior.

—Señora Prímula, ¿podríamos, por favor, hablar con usted? —empujó la puerta para abrirla más mientras ella y Sofía entraban.

Una figura huesuda estaba inclinada encima del escritorio, registrando uno de los cajones.

—¡Señora Ortigas! —Ava y Sofía se la quedaron mirando, boquiabiertas.

La señora Ortigas cerró el cajón de golpe y giró sobre sus talones hacia las niñas, con una mirada furiosa en su rostro de facciones duras.

—¡**F**uera! —bramó la señora Ortigas, señalando la puerta—. ¡Cómo osáis entrar aquí sin llamar! —El cuello se le puso rojo.

Ava y Sofía retrocedieron a trompicones hasta que llegaron al umbral. Sofía llamó, vacilante, a la puerta abierta.

—Eh... ¿señora Ortigas?

—Eso ya está mejor. —Recobrando la compostura, la señora Ortigas se enderezó—. Y bien, ¿qué significa que entréis aquí abalanzándoos así?

Ava echó un vistazo a Sofía.

—Nosotras... yo... Pensamos... —Ava se detuvo y respiró con calma mientras organizaba lo que quería decir—. En algún lugar de las montañas, tiene que haber bayas celestiales, de modo que le hemos pedido a Arco Iris que usara su magia para encontrarlas. Y lo ha hecho. —A medida que Ava ganaba confianza, las palabras fluían más deprisa—. Hay cantidad de arbustos de bayas celestiales sanos en las laderas de las montañas.

La señora Ortigas frunció el entrecejo.

—¿De verdad?

Justo en aquel momento oyeron un ruido detrás de ellas y la señora Prímula llegó corriendo por el pasillo.

—Válgame Dios, ¿qué hacéis todas en mi estudio?

—Eh... —Ava lanzó una mirada a Sofía—. La estábamos buscando, señora Prímula.

—Bien, pasad —dijo la señora Prímula mientras Ava y Sofía se apartaban para dejarla entrar—. ¿En qué os puedo ayudar, niñas?

Ava se lo explicó todo, y terminó con una petición:

—Por favor, ¿podemos ir a buscar bayas celestiales con nuestros unicornios, señora Prímula? Si encontramos algunas, regresaremos de inmediato y se lo diremos a los maestros.

Una extraña mirada cruzó un segundo el rostro de la directora. Pero pasó tan deprisa que Ava decidió que debía de habérselo imaginado porque la señora Prímula volvía a mostrar su amable sonrisa de siempre.

—Oh, Ava, querida, eso demuestra un gran coraje pero simplemente no puedo permitirlo. Las montañas

son peligrosas y demasiado vastas para que las cubráis solas, incluso para buscar bayas celestiales.

—¿Y si toda la escuela colaborara? —preguntó Sofía—. Entonces podríamos peinar un área mucho mayor.

—Lo siento, niñas. Es totalmente imposible. —La señora Prímula negó con la cabeza.

Ava no pudo evitar reparar en la ramita enredada en el pelo de la señora Prímula y en la mancha de tierra en su mejilla. Por muy grave que fuera la situación, con eso le entraron ganas de reír. ¿Qué había estado haciendo su directora para ensuciarse tanto? Pero claro, dedujo, ¡debía de haber salido en busca de bayas celestiales!

—Por favor, déjenos ir —rogó.

—¡Por favor, señora Prímula! —añadió Sofía—. Tenemos que hacer algo. Sin bayas celestiales, los unicornios se debilitarán y, entonces, ¿quién protegerá el lago Destellos?

La señora Ortigas se aclaró la garganta, con lo que Ava dio un brinco. Casi se había olvidado de que la maestra de Geografía y Cultura se encontraba allí.

—Niñas, aunque admiro vuestro temple, la señora Prímula tiene razón. Las montañas son demasiado peligrosas para permitiros batirlas, sobre todo con vuestros unicornios en un estado ya debilitado. La cordillera es traicionera, esconde un sinfín de peligros, incluyendo animales salvajes.

Ava frunció el ceño. No le importaba encararse al peligro, no si ello significaba salvar a Estrella, Arco Iris y el resto de unicornios.

—Pero...

—¡Aguardad! —interrumpió la señora Prímula. Esbozó una dulce sonrisa—. Pensándolo mejor, creo que lleváis razón. Una partida de búsqueda a cargo de la escuela entera es una buena idea. La señora Ortigas puede organizar una. Tengo que ocuparme de algunos asuntos esta mañana pero, cuando termine, me uniré a vosotros con Sabio.

Ava se emocionó tanto que casi abraza a la señora Prímula. Logró contenerse y, en su lugar, le dedicó a Sofía una sonrisa triunfante.

La señora Prímula echó un vistazo a su reloj.

—Es la hora del desayuno. Aseguraos de tomar uno generoso. Tenéis un día muy largo por delante. Bien, señora Ortigas, hablemos de los detalles...

Tras arrojar a Ava y a Sofía al pasillo, cerró la puerta detrás de ellas. Las niñas chocaron esos cinco antes de irse corriendo al comedor.

Ava estaba demasiado impaciente por prepararse como para desayunar mucho. Por suerte, una vez que hubo explicado el plan, casi todo el mundo se sintió igual y, al cabo de poco rato, toda la escuela se encontraba reunida en las cuadras.

Mientras los alumnos conducían sus unicornios al patio, la señora Ortigas, asistida por Billy y Jack, distribuía cestas para recolectar bayas.

—Agrupaos por parejas —gritaba Jack, en tono autoritario—. Debéis decirle al Viejo Ortigal hacia dónde os dirigís antes de empezar.

Ava se alegró de ver que Olivia había formado pareja con Laila cuando se cogió del brazo de Sofía.

—Deberíamos buscar en dirección al Este —dijo—. Allí es donde la magia de Arco Iris nos ha mostrado los arbustos de bayas sanos.

La señora Ortigas, sin embargo, discrepó.

—Es absurdo —espetó cuando Ava y Sofía le contaron sus planes—. A los arbustos de bayas celestiales les gusta el sol y es de lejos mucho más probable que crezcan en el Oeste y el Sur. De todos modos, la señora Prímula echó ayer un vistazo en el Este solo para cerciorarse de que allí no hubiera ningún arbusto. Arco Iris debe de haberse equivocado. La verdad es que no deberíais haberle pedido usar su magia, niñas. Fue muy irresponsable por vuestra parte. Imagino que acusa una carencia de bayas en su dieta y ahora estará cansado. Ceñíos a las zonas que os sugiero o perderéis el tiempo.

—Mmm... —A Ava el corazón le decía que Arco Iris estaba en lo cierto, pero

su cabeza argumentaba que la señora Ortigas era una maestra, y se suponía que los maestros lo saben todo—. De acuerdo —accedió a regañadientes.

Partieron. Cuando llegaron a las montañas, todos se dividieron por parejas. Ava y Sofía buscaban por todas partes, pero a medida que el día transcurría y no encontraban ni una sola baya celestial, Ava se mostraba más taciturna.

—¿Qué ocurre? —preguntó Sofía—. Apenas has pronunciado una palabra en los últimos veinte minutos. —Se habían detenido y apeado para dejar que Estrella y Arco Iris bebieran de un riachuelo multicolor—. Y pones cara de estar pensando.

—No es verdad. —Ava se apresuró a suavizar su expresión. Su hermano y hermana a veces se burlaban de su «cara de estar pensando» diciéndole que las arrugas que se le formaban la hacían parecer una viejita.

—Sí lo es —repuso Sofía—. Así que ¿qué pasa?

—Creo que estamos yendo en la dirección errónea —desembuchó Ava y, de inmediato, se sintió mejor—. La visión de Arco Iris era muy clara. Mostraba arbustos

de bayas celestiales en el Este. Sé que la señora Ortigas ha dicho que a los arbustos les gusta el sol, pero lo más importante que necesitan es tierra fértil y esta abunda en el Este.

—Pues vayamos hacia el Este —dijo Sofía.

—Pero la señora Ortigas dijo que no —objetó Ava.

Estrella miró con atención a Ava.

—Creo que deberías fiarte de tu instinto. Suele atinar.

Ava encaró los ojos castaños de Estrella. Eran totalmente sinceros. Estrella no estaba siendo amable solo para hacerla sentir mejor.

—De acuerdo, vayamos hacia el Este entonces.

Sofía asintió con la cabeza. Al principio avanzaban a buen ritmo. Había numerosas veredas que entrecruzaban las montañas. Estrella y Arco Iris las recorrían alegremente a medio galope hasta que alcanzaron una zona que se hallaba cubierta de enredaderas y zarzas con extensiones de pantanos traicioneros. Los unicornios redujeron la marcha y anduvieron con mucho cuidado por entre los tallos espinosos que se esparcían por el suelo.

—Aquí la tierra debe de ser espléndida para las plantas —observó Ava, agachando la cabeza para evitar que una zarza rebelde la engarzara—. Fíjate en el tamaño de estas espinas.

—Y de estas moras —dijo Sofía—. Son más grandes que pelotas de fútbol—. Miró alrededor, inquieta—. Este sitio es escalofriante.

—¡Ve con cuidado, Estrella! —dijo Ava, cuando Estrella tropezó con una gruesa vid.

—Ya lo intento —protestó Estrella—. Pero las enredaderas me echan la zancadilla a propósito.

Ava se rio.

—No puede ser... —Se interrumpió con un grito ahogado cuando una enredadera se enrolló alrededor de su brazo y casi la hace caer del lomo de Estrella. Se liberó el brazo de un tirón.

—¡Tienes razón! —exclamó—. ¡Estas plantas deben de estar hechizadas!

Los unicornios resoplaron con gran inquietud y Sofía palideció.

—¿Quieres decir que alguien ha embrujado las plantas? ¡Ay! —chilló, cuando una enredadera trató de agarrarle su largo pelo rizado.

—¡Sí! —exclamó Ava—. Alguien debe de estar tratando de evitar que la gente se dirija en esa dirección.

—¿Por qué haría alguien eso? —preguntó Estrella, aplastando una fina enredadera cuando empezaba a enrollarse a uno de sus espolones.

—No lo sé —respondió Ava, frunciendo el ceño al pensar que alguien había encantado las plantas con magia negra—. ¡Pero voto por que vayamos a averiguarlo!

—¡Me apunto! —Sofía alzó la barbilla desafiante mientras apartaba de un manotazo una enredadera de Arco Iris.

—Nosotros también —corearon Estrella y Arco Iris.

A cada paso, las plantas se volvían cada vez más rebeldes, enrollándose en las patas de los unicornios e intentando agarrar la ropa de Ava y Sofía. Ava tenía la piel de gallina. Era espeluznante.

De repente, Arco Iris trastabilló y se desplomó fuerte de rodillas contra el suelo. Sofía chilló al perder el equilibrio y venirse abajo de cabeza. Ava ahogó un grito pero una burbuja lila se formó al instante alrededor de Sofía, la atrapó y la descendió flotando con cuidado hasta el suelo. La magia de la isla protegía siempre a los

jinetes de los unicornios, de modo que jamás se hacían daño en las raras ocasiones en que se caían.

La burbuja relumbró y se desvaneció. Sofía se fue corriendo al lado de Arco Iris. El unicornio bregaba para ponerse en pie.

—¡Arco Iris! ¿Estás bien?

—¡No! —respondió Arco Iris abatido, alzando una de sus patas delanteras. Ava contuvo la respiración al verle un feo tajo irregular en la rodilla.

—¡Estoy herido! ¡No puedo andar, Sofía!

Él enterró el rostro en el pecho de ella. Ella lo estrechó fuerte entre sus brazos y cruzó una mirada con Ava.

Ava notó como si un chorro de agua fría le goteara por el espinazo mientras las enredaderas en torno a ella se acercaban poco a poco. ¿Qué iban a hacer ahora?

Capítulo 8

Una zarza con espinas afiladas como dientes agarró el brazo de Sofía.

—¡Largo! —gritó, deshaciéndose de ella.

Ava se apeó. Las zarzas se le enganchaban a los pies pero ella se defendía apartándolas, sin importarle las espinas que la rasguñaban.

—¡Todo esto es por mi culpa por sugerir que fuéramos en esta dirección! —dijo, sintiéndose culpable—. ¿Duele mucho, Arco Iris?

Arco Iris asintió con la cabeza, decaído.

—Deberíamos haber traído un botiquín de primeros

auxilios: vendas, cosas así —parloteaba Ava, incapaz de cesar de hablar—. ¿Qué vamos a hacer? ¡Estamos atrapados aquí! Estamos...

—¡Ava! —la interrumpió Estrella—. Tranquilízate.

Ava miró a Estrella de hito en hito.

—Me estoy dejando llevar por el pánico, ¿verdad?

—Sí. —Estrella le acarició el hombro con el morro—. Respira y piensa.

Ava respiró hondo un par de veces mientras Estrella proseguía:

—Hay muchas plantas alrededor. ¿Ves algo que puedas usar para socorrer la pata de Arco Iris?

Ava frunció el entrecejo. Estrella estaba en lo cierto. Numerosas plantas tenían propiedades curativas.

—¡Consuelda mayor! —cayó en la cuenta—. Eso es lo que necesitamos. Mi papá me enseñó cómo chafar las hojas para transformarlas en una pomada medicinal. Es rápido y sencillo, y funciona como si fuera magia en heridas o huesos rotos. —Echó un vistazo a Arco Iris, que alzaba la pata con tristeza. Ahora que pensaba en

83

plantas se sentía mucho más serena—. Si encuentro un poco y elaboro un ungüento, lo podemos usar para sanar la pata de Arco Iris. —Se quitó la suave sudadera lila, que las zarzas habían rasgado—. Aquí —dijo, introduciendo un dedo en un desgarrón y ensanchándolo—. Haz con esto una venda, Sofía, y átasela fuerte para detener la hemorragia mientras yo busco consuelda mayor.

—Mientras buscamos consuelda mayor —la corrigió Estrella—. Te acompaño.

Ava abrazó a Estrella agradecida y, acto seguido, emprendieron la marcha por entre la maleza. Ava se alegraba de que Estrella la acompañase. Si acaso, las plantas se volvían más agresivas y resultaba arduo abrirse paso a la fuerza. Poco a poco, sin embargo, la vegetación empezó a disminuir hasta que al fin la ladera de la montaña desembocó en una pradera cubierta de hierba. Toda el área estaba salpicada de arbustos repletos de bayas de color azul oscuro y pequeñas plantas verdes con capullos rojos. Ava reconoció los vegetales al instante.

—¡Consuelda mayor! —exclamó, echando a correr—.
¡Y mira, Estrella! ¡También hay arbustos de bayas celestiales! —La estrechó entre sus brazos, rebosante de felicidad—. ¡Tenía razón! ¡La magia de Arco Iris nos decía
adónde ir!

Lo primero que se le ocurrió a Ava fue recolectar algunas bayas celestiales para dárselas de comer a Estrella, pero entonces pensó en Arco Iris y en su pata lesio-
nada. Estrella podía esperar un poquito
más. Cogió un puñado de bayas, se
las metió deprisa en el bolsillo y se
agachó en medio de un terreno de
consuelda mayor. Estrella le acercó dos piedras planas y Ava enseguida molió las hojas en forma de
espina hasta formar una espesa pasta
verde. La envolvió con algunas hojas más.

—Eso es. ¡Ahora regresemos junto a ellos!

Ava se subió de un salto a lomos de Estrella y desan-
duvieron a medio galope el camino hacia donde les es-

peraban Sofía y Arco Iris. Estrella brincaba por encima de las enredaderas que trataban de apresarla a su paso.

Ava le quitó el vendaje a Arco Iris y le untó la pierna con una gruesa capa de pasta verde.

—¡Es increíble! —dijo Sofía cuando los bordes de la herida se juntaron para sanar—. ¿Qué tal sienta?

—Bien. —Arco Iris apoyó tentativamente su peso en la pierna—. Es como un milagro.

—¡Es un verdadero milagro! —dijo Ava con una gran sonrisa. Luego se sacó las bayas celestiales del bolsillo—. ¡Mirad qué más hemos encontrado Estrella y yo!

—¡Bayas celestiales! —exclamó Arco Iris.

Sofía chilló.

—¿Habéis encontrado arbustos, Ava?

—Sí. Hay un montón, así que comed tantas como queráis —animó Ava a Estrella y a Arco Iris mientras repartía las bayas.

—Me siento mucho mejor —dijo Arco Iris mientras las engullía.

—¡Y yo, más fuerte! —coincidió Estrella.

Ava y Estrella les guiaron a través de las zarzas hasta donde crecían los arbustos de bayas celestiales.

—Son arbustos de aspecto sano —dijo Ava—. Tomaré varios esquejes y trataré de plantarlos más cerca de la Academia.

Mientras Ava y Sofía llenaban sus cestos con bayas celestiales y esquejes, Arco Iris y Estrella se deleitaban alegremente comiendo de los arbustos.

—¡Hecho! —dijo Ava al fin—. Vayamos a mostrárselo a la señora Ortigas.

—Ava...

Algo en la voz de Sofía hizo que alzara la vista.

—¡Oh, no! —susurró horrorizada.

Mientras las niñas estaban atareadas, ¡algo más también se había mantenido ocupado haciendo su labor! Un anillo de arbustos con espinas afiladísimas había empezado a crecer alrededor de ellas y sus unicornios, atrapándolos en un círculo.

—¿Qué está ocurriendo? —dijo Ava.

Arco Iris relinchó asustado.

—¡Tranquilo, Arco Iris! —gritó Sofía, corriendo hacia él y brincando encima de su lomo—. ¡Sálvalos de un salto! ¡Deprisa!

Arco Iris saltó hacia delante, dio unas zancadas a galope y se elevó por encima de los arbustos, que seguían creciendo.

—¡Vamos Ava! —gritó Sofía.

Ava empezó a correr hacia Estrella pero una enredadera le apresó el tobillo y la tiró al suelo. Los arbustos se empinaron todavía más. Las espinas alcanzaron el cielo dejando a Ava y a Estrella atrapadas, sin salida.

—¡Ava! —gritó Sofía desesperadamente desde el otro lado.

—Estamos atrapadas. Los arbustos son demasiado altos para saltarlos —respondió Ava. El corazón le palpitaba. Dio una patada, con ánimo de liberarse de la enredadera que se le enrollaba en el tobillo, pero esta creció deslizándose por la pierna y el cuerpo a la vez que la comprimía más y más. En cuestión de segundos, Ava tenía los brazos sujetos contra el pecho mientras yacía en el suelo.

—¡Socorro! —A Ava le salían las palabras ahogadas. Su rostro enrojeció cuando la enredadera la estrechó con más fuerza. ¡Se estaba asfixiando! Forcejeaba pero la enredadera era demasiado fuerte y mientras Ava se las veía con ella, sus afiladas espinas se acercaban cada vez más a su rostro...

Capítulo 9

—¡Y a voy, Ava! —Estrella se desembarazó de una coz de las zarzas que se le enrollaban en los cascos y saltó encima de la enredadera que estaba atacando a Ava. Le propinaba patadas y trataba de liberar a Ava. Arco Iris relinchaba desde el otro lado de la espinosa pared y Sofía gritaba el nombre de Ava.

La fibrosa enredadera parecía indestructible. Cuanto más fuerte la pisaba Estrella, más se ceñía esta. Ava empezó a marearse. Clavó los ojos en Estrella suplicando ayuda en silencio.

—¡Suelta a Ava ahora mismo! —gruñó Estrella con

furia. Echaba humo por los ollares y aplastaba la enredadera con sus cascos. Unas chispas chisporrotearon en el aire. Estrella le asestó unas coces más fuertes, a la vez que sacudía la crin.

—¡Estrella! —gritó Ava. Se percibía un intenso olor a azúcar quemado. Ava lo inspiró y se recobró ligeramente—. ¡Es tu magia, Estrella! —dijo jadeando.

Estrella relinchó sorprendida.

—¿Ah, sí?

—¡Sí!

La enredadera empezó a serpentear de nuevo hacia el rostro de Ava. Estrella dio una patada y esta vez manó una fuente de brillantes chispas. Algunas aterrizaron en la enredadera. Se oyó un ¡pum! y esta dobló su tamaño.

Ava chilló mientras desaparecía entre sus gruesos pliegues.

—¡No, no, no! —dijo Estrella horrorizada—. ¡Qué torpe soy! ¡No quería que pasara eso!

—¿Ava? ¿Qué está ocurriendo? —gritó Sofía.

Ava sabía que Sofía y Arco Iris no podían socorrerla.

Ahora solo podía salvarla Estrella. Valiéndose de todas sus fuerzas, separó las espirales de la enredadera.

—Estrella, has encontrado tu magia. Es magia vegetal, puedes agrandar las plantas o... —dijo entrecortadamente— ¡empequeñecerlas!

—¿Yo he hecho eso? —Estrella miró de hito en hito la gigantesca enredadera—. ¡Imposible! No puedo hacer crecer con magia.

—Sí puedes —insistió Ava—. Confía en mí, Estrella. Tienes magia vegetal. Solo que tienes que invertirla, deprisa. ¡Haz que la enredadera encoja!

Se miraron a los ojos.

—Por favor —chilló Ava cuando la enredadera la estrechó más—. Tú puedes, Estrella.

—¡Pero soy demasiado torpe! ¿Y si la vuelvo a agrandar sin querer? —protestó Estrella.

—No es verdad —dijo Ava jadeando—. ¡Eres el mejor unicornio y el más inteligente del mundo entero!

Cruzaron las miradas. Estrella dudó y después resopló, estampando un casco en el suelo con firmeza. Unas

chispas violetas, verdes y doradas estallaron a su alrededor.

—¡He encontrado mi magia! —relinchó Estrella, encantada. Arqueó el cuello y clavó varias coces en el suelo. Un chorro continuo de chispas roció la enredadera.

Se oyó un fuerte estallido y la enredadera se replegó como si fuera una goma elástica para terminar desplo-

mándose. Mientras se encogía, se retorció y siseó hasta que, tras una tremenda sacudida, se quedó inmóvil.

Ava estaba pálida como la cera y temblaba con grandes espasmos mientras se levantaba poco a poco. Se dirigió tambaleándose hacia Estrella.

—¡Me has salvado! —dijo, a la vez que enterraba su rostro en la sedosa crin del unicornio—. Sabía que lo lograrías.

Estrella la acarició con el morro.

—No podría haberlo hecho sin ti. Me has hecho creer en mí misma pero casi te mato. —Estrella abrió los ojos como platos al recordarlo—. Cuando la enredadera ha doblado de tamaño...

Ava empezó a reírse tontamente por la descarga de nervios.

—Yo también pensé que era el fin. —Dio un fuerte abrazo a Estrella—. ¡Me alegro de que hayas comprendido cómo usar tu magia!

—¿Qué está ocurriendo? —gritó Sofía desesperada desde el otro lado de la pared de arbustos espinosos.

—¡Estamos bien! —respondió Ava. Miró los arbustos—. Usa tu magia, Estrella.

Estrella relinchó segura de sí misma, trotó hacia los arbustos y clavó una coz en el suelo. Cuando las chispas rociaron los arbustos, estos se encogieron hasta recuperar el tamaño normal. Ava brincó a lomos de Estrella, que saltó por encima de las plantas y aterrizó junto a Arco Iris y Sofía.

—¡Estáis bien! —exclamó Sofía con alivio—. Arco Iris y yo estábamos muy angustiados.

—¡Tu pelo, Ava! —dijo Arco Iris, mirando de hito en hito.

—¿Qué quieres decir...? —Ava se interrumpió para atrapar un mechón de pelo lila que le había caído en los ojos—. Estrella —dijo en voz baja, tendiéndoselo—. Estamos unidas.

Estrella volvió la cabeza y se quedó mirando el mechón de pelo violeta, exactamente del mismo tono que su crin.

—¡Hurra! ¡Este es el mejor día de mi vida! Oh, Ava. ¡Eres mi mejor amiga para siempre!

—¡Por siempre jamás! —gritó Ava contentísima. Se inclinó y abrazó el cuello de Estrella.

Arco Iris relinchó y Sofía gritó de alegría. Cuando Ava volvió a sentarse a lomos de Estrella, Sofía sonrió.

—Me alegro mucho de que estéis unidas.

—Yo también —dijo Ava, con los ojos brillantes—. ¡Pero ahora volvamos con estas bayas celestiales!

Las niñas partieron a galope a través de la montaña con sus unicornios. El camino de regreso hasta donde habían dejado a los demás era largo. Sortearon arbustos y árboles, los unicornios avanzaban tan deprisa como osaban.

—¡So! ¿Qué es eso? —preguntó Sofía, señalando de repente a un lado.

El apremio en su voz hizo que Ava se sentara más erguida y observara. Al hacerlo, algo emergió cabalgando de detrás de un arbusto, una figura con una capa larga y suelta de color negro a lomos de un unicornio alto. La figura alzó una mano, se oyó un fuerte crujido y una vid brotó de un árbol. A continuación, atrapó los brazos de Ava, tratando de arrancarla de lomos de Estrella.

97

—¡Ah, no; no lo hagas! —Estrella le devolvió el golpe, rociando la vid con una ducha de chispas doradas. La vid siseó y se marchitó hasta que no fue más que un zarcillo inmóvil.

¡Pum! De golpe un arbusto explotó en mitad de su camino. Arco Iris viró bruscamente y Sofía se vio arrojada contra su cuello. Chilló mientras se aferraba.

La figura vestida con capa se rio y señaló a Estrella. Una enredadera se alzó y se enrolló alrededor de sus patas. Estrella tropezó pero su magia era lo suficientemente fuerte para mustiar la enredadera. Ava instó a Estrella a continuar mientras la magia se desataba en todas direcciones. Las enredaderas blandían en el aire, los arbustos explotaban por doquier. Estrella y Arco Iris seguían cabalgando, esquivando ramas y zarcillos encantados.

Con un bufido, Estrella mandó una zarza gigante que trazó un arco hacia la figura enmascarada. Atrapó la capa del jinete mientras este y su unicornio viraban bruscamente para esquivarla. Ava oyó el desgarrón de la tela. Se inclinó estirando el cuello mientras el jinete,

con una gran rasgadura en la capa, bregaba por mantenerse erguido. Su unicornio giró sobre sus talones para encararse a Estrella y galopó directo hacia ella.

—¡No! —Ava ahogó un grito mientras el alto unicornio se dirigía hacia ellas levantando una gran polvareda.

Capítulo 10

strella se irguió sobre las patas traseras y agitó la crin. Unas chispas amarillas, doradas y verdes salieron disparadas de sus sedosos cabellos y rociaron las zarzas que había frente a la figura con capa. Al instante, los arbustos doblaron su tamaño. Estrella clavó coces en el suelo.

¡CRAC!

Los arbustos crecieron por la ladera de la montaña, formando una espinosa pared infranqueable. Atrapada al otro lado, la figura chilló de furia. Estrella lanzó una última ráfaga de magia que se estrelló contra el arbusto, que enseguida creció más.

—¡Eso es impresionante, Estrella! —gritó Ava.

Estrella resopló triunfante y luego galopó tras Arco Iris, lo alcanzó y avanzó junto a él a toda velocidad, mientras ambos se dirigían cuesta abajo hacia donde seguía buscando el resto de la escuela.

—¡Ava, Sofía! ¡Estáis aquí! —Mientras se aproximaban a la zona inferior de las laderas, vieron a Scarlett, Isabel, Olivia y Laila cabalgando hacia ellos y saludando con la mano—. ¡Os estábamos buscando! —gritó Olivia—. La señora Ortigas nos envió a encontraros.

—¡Traemos bayas celestiales! —respondió Ava.

Las otras vitorearon.

—¡Sabía que las hallaríais! —dijo Olivia, con los ojos brillantes—. Vayamos a decírselo a la señora Ortigas antes de que ella misma salga en vuestra busca.

Galoparon de vuelta a la Academia.

Alumnos y unicornios pululaban por el patio de las cuadras.

—¿Dónde está la señora Ortigas? —gritó Ava.

—No lo sé —respondió Billy, separándose de los otros—. ¿Qué pasa? Tenéis pinta de volver de la guerra.

—Y así es. Es una larga historia —dijo Ava—. Ayúdanos a llevar estas bayas celestiales a la despensa.

—¿Tenéis bayas celestiales? ¿De dónde? —preguntó Billy.

—¿Bayas celestiales? —gritó otro estudiante, que lo había oído.

—¡Sí! —respondió Sofía—. Ayudadnos a repartirlas entre todos los unicornios.

El resto de estudiantes se acercaron corriendo para arrimar el hombro.

Ava se apresuró a recuperar los esquejes que había tomado.

—Voy a plantarlos cerca de las cuadras —gritó a Sofía—. Con la magia vegetal de Estrella, podrían dar fruto de inmediato.

Bajo la mirada atenta de Sofía y Arco Iris, Ava y Estrella encontraron una parcela de tierra y juntas plantaron los esquejes de bayas celestiales. Cuando el último esqueje fue cultivado, Ava acarició el cuello de Estrella.

—Es la hora de la magia. Tú puedes, Estrella.

Estrella resopló con alegría y luego sopló. Unas chispas salieron disparadas de su hocico y aterrizaron en los esquejes. De inmediato, ¡empezaron a crecer! Hojas y ramas asomaron hasta que los esquejes devinieron verdaderos arbustos con suculentas bayas maduras listas para comer.

—Estrella, eso es alucinante —dijo Sofía en voz baja.

—¡Es magia! —terció Arco Iris.

Ava suspiró feliz y luego abrazó a Estrella.

—¡Bien hecho!

—Niñas, ¿qué está ocurriendo? Puedo oler la magia y prohibí expresamente que ningún unicornio... —La señora Prímula cabalgaba a lomos de Sabio. Tenía el pelo enmarañado y se había rasguñado la mejilla—. Oh... —dijo, deteniéndose y mirando de hito en hito—. ¡Bayas celestiales! ¡Nuevos arbustos repletos de bayas! ¿Dónde demonios los habéis encontrado?

Ava ofreció unas bayas celestiales a Sabio mientras relataba la aventura en la montaña.

—¡Vaya! —dijo la señora Prímula, al fin—. ¡Habéis sido inteligentes!

Justo en aquel momento, la señora Ortigas llegó a lomos de su unicornio, Tomillo, junto al resto del dormitorio Zafiro.

—¡Niñas! Estaba preocupada. —Tenía los ojos oscurecidos y el pelo lleno de ramitas—. Regresáis muy tar-

de... —Se interrumpió—. ¡Bayas celestiales! —exclamó.
Las gafas le resbalaron nariz abajo por la impresión—.
¿Cómo... Dónde....?

La señora Prímula sonreía.

—Volvemos a disponer de una abundante reserva de

bayas celestiales y todo gracias a Ava, Sofía, Estrella y Arco Iris. Una vez más, la Academia Unicornio queda muy agradecida con las niñas del dormitorio Zafiro, y con sus unicornios, por supuesto. Nos han sacado del apuro.

El resto del dormitorio Zafiro vitoreó.

—¡Viva Ava! ¡Viva Sofía! —gritó Isabel.

—Vaya, qué sorpresa —dijo la señora Ortigas, parpadeando—. Bien hecho, niñas. Ahora imagino que debéis de tener mucho apetito.

—¡Me muero de hambre! —dijo Scarlett.

Una fina sonrisa se dibujó en los labios de la maestra cuando se dio la vuelta hacia la señora Prímula.

—¿Debería encargar para las niñas una cena de pícnic para tomar aquí fuera, al lado de los arbustos de bayas celestiales como recompensa?

—Un plan excelente —afirmó la señora Prímula, recorriendo con la mirada las niñas y sus unicornios.

Al poco rato, las niñas se habían sentado encima de unas mantas y disfrutaban de un pícnic a base de bocadillos, pasteles, fruta y ponche arco iris. Los unicornios

pacían bayas celestiales meneando las colas con satisfacción. La puesta de sol arrojaba rayos rojizos y dorados por el cielo y el aire estaba colmado del perfume procedente de los dulces jazmines nocturnos que Estrella había hecho florecer a su alrededor.

—Ava es muy inteligente —dijo Sofía, relatando su aventura a las otras por décima vez.

—No he sido yo, ha sido Estrella —repuso Ava, ruborizándose.

—Has curado a Arco Iris y has ayudado a Estrella a creer en sí misma, de modo que ha sido capaz de encontrar su magia —apuntó Olivia.

—Me pregunto quién era la persona con la capa —dijo Scarlett.

—Pone los pelos de punta que os atacaran —añadió Isabel con un estremecimiento.

Mientras las otras niñas charlaban sobre sus aventuras, Ava se levantó y se acercó a Estrella.

—Me alegro de que hayas descubierto tu magia —susurró.

—Yo también —dijo Estrella, acariciando con el morro su pelo oscuro—. Me has ayudado a creer que podría conseguirlo.

—Tú también me has ayudado un montón —dijo Ava, pensando en el pánico que sintió cuando Arco Iris estaba herido.

—Saber cómo sanar la pata de Arco Iris, eso sí ha sido increíble —observó Estrella.

Ava notó que se ruborizaba.

—Supongo que soy bastante inteligente para algunas cosas. Leer y escribir me resulta difícil pero sé un montón sobre otras materias útiles.

—También eres atenta y amable, y no querría a nadie más como mejor amiga —le dijo Estrella.

—Bien, porque seremos mejores amigas para siempre. —Ava echó los brazos alrededor de Estrella y la abrazó. La crin del unicornio iba a juego con el mechón lila en el pelo de Ava.

Juntas, observaron cómo el sol se hundía en el cielo. Ava tuvo la impresión de que iba a estallar de felicidad.

No solo había obtenido una nueva cosecha de bayas celestiales para los unicornios, sino que al fin sentía que merecía estar en la Academia Unicornio. Ava tenía amigos geniales y el mejor unicornio de todos los tiempos.

Una estrella fugaz apareció de improviso en la oscuridad.

—¡Mira! —le dijo Ava a Estrella.

—Es precioso —juzgó el unicornio. Apoyando sus cabezas la una contra la otra, observaron cómo la estrella trazaba su rutilante camino por el cielo, que iba oscureciendo.